詩集

わたし 地球人

小澤 アイ子

光陽出版社

詩集　わたし　地球人——もくじ

「九条」の地球　を　5
かりゆし　11
税金　15
フェンスの中は　21
フェンスの中で　24
いくさ　28
軍事産業　30
武器　弾丸　33
ひと　の顔した悪魔　36
だから　今　40
諦めない　43
託された命　48
戦争するな　52
戦争　と　平和　56

隅田川　60

小さな花　64

鍋　66

わたし　地球人　70

希《ねが》い　74

人　78

ちがう　あなた　と　80

名字《みょうじ》　84

雲　病院の上　88

朝食　91

桜　102

向き合う　106

さくら　散る　109

一人じゃない　112

80・20　114
手　118
うしろ　へ　122
めげないで　125
年賀状　128
心　132
言の葉　136
雲を撮る　渡辺幸子　141
あとがき　143

「九条」の地球　を

ロシア　にも
「九条」　あったら
朝鮮　にも
「九条」　あったら
アメリカ　にも

「九条」　あったら

中国　にも
「九条」　あったら
世界中　どこの国　にも
「九条」　あったら

他国《よそ》の人を　殺さないし
他国の人から　殺されない
今日の営みを　壊さないし

明日の生活が　壊されない
ウクライナも　戦場にならない

子どもは　子どもらしく
若者は　若者らしく
老人も　老人らしく
笑顔の今日を　生きられる
幸せの明日を　迎えられる

花は　それぞれ　美しく

木々は　豊かに　繁り
川の水は　暮らしに寄り添って　流れ
海は　命の恵み　育んで
世界を　つなぐ

「九条」の地球　を！

「**日本国憲法**」
第九条　戦争の放棄　軍備及び交戦権の否認
①日本国民は、正義と秩序を基調とする国際平和を
誠実に希求し、国権の発動たる戦争と、武力によ

る威嚇又は武力の行使は、国際紛争を解決する手段としては、永久にこれを放棄する。
②前項の目的を達するため、陸海空軍その他の戦力は、これを保持しない。国の交戦権は、これを認めない。

かりゆし

いつも身につけている衣類は
大体　メイド　イン　チャイナ
今日　着ている上着《うわぎ》は
かりゆし　沖縄特製品
なぜか　うれしい

なんとも　幸せ
そして　ほこらしい
けれど　悲しい

一九四五年　八月十五日から
「戦後」を続けている　日本
だけど　戦勝国アメリカは
軍隊を撤退することなく
基地を置き　増やし　居つづけている
私の住む東京には　横田基地

沖縄は　基地に囲われ
毎日　休みなく　戦闘の訓練
戦争してる国へ　出撃もする
爆音　事故　軍人の事件　性暴力……
怒り　悲しみ　絶えない沖縄

沖縄の　心織り込めた　かりゆし
爽やかな　麗《うるわ》しい衣《ころも》に身を包み
基地のない東京を　歩きたい

基地のない沖縄へ　旅したい
基地のない日本を　楽しみたい

税金

せっせ　せっせ　働いて
納めた　税金
で「人殺しの爆弾」造る……

ガス　電気　水道　テレビを観ても

取られる　税金
で　「敵国攻撃」　準備する……

出かけて　食べて　楽しんで
あれ　これ　消費税
で「アメリカ製兵器」　暴買いする……

——私が生まれる前
軍事費に注ぎ込んだ　租税
で　中国　韓国　近隣諸国を　侵略

他国の生活を奪い　殺した

——私が子どもの頃
アメリカに反撃され　戦時国債
で　国民は守られなかった
町は壊され　焼かれ　殺された

戦後　取り戻した日常　だけど
アメリカ軍は　ずっと居つづけ　税金
で　基地は拡充　戦闘訓練の毎日……

日本は今「民主主義」の国
政治は多数決で行われる　税金
で　軍備増強　米軍基地強化も　数次第……

「九条」に支えられ　生きながらえて
葬儀も近づく老人の私　最後の税金
まで「戦争」の資金に……

命　終わる日まで

納めつづける　税金
大切な　私たちの予算
幸せのため　平和のため
つなげた　愛する命のために

私は　日本国憲法を持つ日本人

……われらは、全世界の国民が、ひとしく恐怖と欠乏から免かれ、平和のうちに生存する権利を有することを確認する。（**日本国憲法前文より**）

フェンスの中は

鉄条網　張りめぐらし
フェンスが囲む　広い土地
日本の国の　日本人住めない所

フェンスの中は

アメリカの国　米軍の聖地
日本の番地が消された　蛮地

フェンスの中は
殺人の訓練　破壊の準備
昼も夜もなく　夜も昼もなく

大日本帝国　敗れた日から
ずっと　ずっと居つづける
アメリカの砦《とりで》　戦争の拠点

フェンスの中で

彼の生まれた国は　アメリカ
両親は　アメリカ人
恋人も　アメリカ人
彼は　今　日本で暮らす
米軍基地所属の兵士
バラ線に囲われた　フェンスの中で

どこかの町を
どこかの国を
破壊するため
どこかの兵士を
どこかの国民を
殺すため
訓練　訓練の日々

逞しい兵士の彼が
軍服を脱ぎ

フェンスの外へ出た時
抑えきれない命への欲望が
鍛え上げられた暴力が
日本の女性を陵辱《りょうじょく》する

彼は　アメリカの軍人
日本の法律が届かない
フェンスの中
命令に　忠実に
破壊と　殺人の　訓練

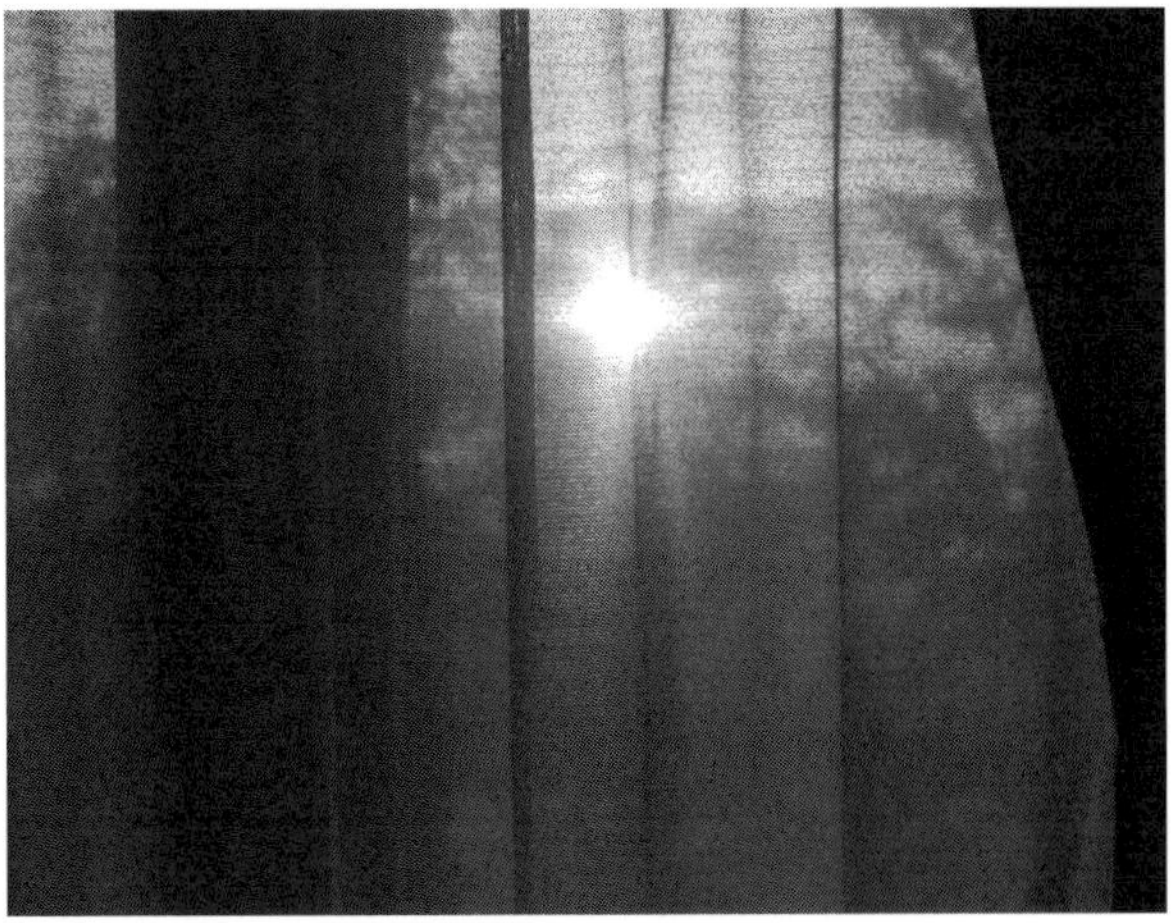

いくさ

恐ろしや　怖ろしや
ひと殺す道具　作って
売りまくる　とは

恐ろしや　怖ろしや

その道具　ひとに使わせて
殺させる　とは

恐ろしや　怖ろしや
殺して　殺して　殺して
金　儲ける　とは

ああ　恐ろしや　怖ろしや
殺した首を　積みあげて
勝った　勝った　と　笑うとは

軍事産業

憎しみ　育んで　大きくなる
争い　拡大させて　成長する
営み　破壊し　命　食らって
強大になる

軍事産業　軍備増強
支えるのは　国民
資金は　税金
私から　あなたから　子どもたちからも
毎日　暮らしの中から　消費税

〝ヤメテ！〟

子どもたちの声は　掻《か》き消され
私の声は　小さすぎて　届かず

あなたの力強い抗議は
捩《ね》じ曲げられ　無視され

それでも　諦めない
命　平和　命　平和

諦めない　諦めない
地球から　戦争産業なくなる日まで

武器　弾丸

造りつづけて　もう入らない
武器　倉庫　いっぱい
使うしかない
何処《どこ》で　消耗《しょうもう》するか？

造りつづけて　保管できない
弾丸　貯蔵　まんぱい
輸出するしかない
何処へ　売りつけるか？

睨《にら》みあってる郷《むら》はないか？
憎しみあってる国はないか？
火種を探せ
燃え上がらせろ！

戦闘だッ！
戦争だッ！

ひと　の顔した悪魔

あの人は
ひと　の顔した悪魔
ひと　じゃない
　武器　造ってる　ひと殺しの
軍隊　組織してる　ひと殺しの

法律　変えてしまう　ひと殺しへ
ひと殺しは　平和のため　と　嘯《うそ》ぶく

あの人は
ひと　の顔した悪魔
ひと　じゃない

やさしく微笑む　頬の中に
命くいちぎる　鋭い牙が
親しげに差し出す　掌に
心しばりつける　硬い縄が

あの人は
ひと　の顔した悪魔
ひと　じゃない

子どもたちも　動物たちも
抵抗間もなく　逃げる場もなく
殺して　殺して　威張りつづけて
地球も　宇宙も　独占しよう　と　企んで

だから　今

食べたくても
食べること　できなくなるのです
だけど　今
　　食べてます

愛したくても
愛すること　できなくなるのです
だけど　今

　　　　愛してます

反対したくても
反対すること　できなくなるのです
だけど　今

　　　　戦争　反対

開きかけた扉の向こうに
私を呑み込んでしまう　炎が……
命を消してしまう　炎が……
だから　今
九条　守ります

諦めない

どうして　そんなに
兵器を　作るの？　買うの？
どうして　そんなに
軍隊を　復活させたいの？

どうして　そんなに
米軍基地を　強化　拡大したいの？

兵器は　ひとを殺す道具
軍隊は　ひとを殺す集団
米軍基地は　ひとを殺す拠点

ひととして生まれた　私

命が愛《いと》しい
命つなげてくれた
両親が愛しい
命つなげた
子どもたちが愛しい

殺されるのは　いやだ
殺すのは　もっと　いやだ
戦争は　いやだ

愛しい命
諦めない

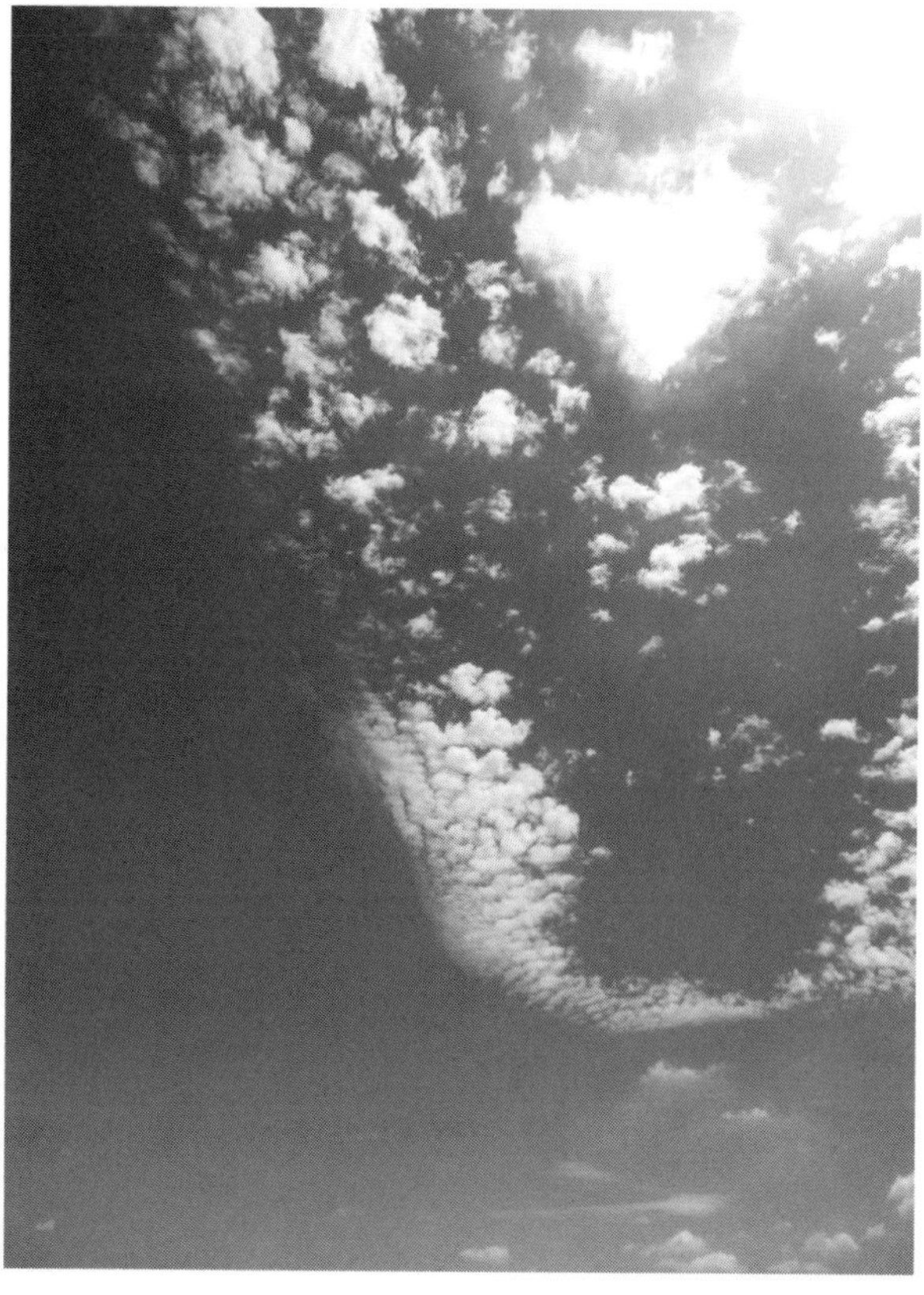

託された命

〝ススメ　ススメ　ヘイタイサン　ススメ〟
大きな声で　声を揃え　教科書　読みました
お国のため　天皇陛下のため　日の丸振って
戦地へ送った父さんたち　戦死しました

兵隊ごっこで遊んでくれた　お兄ちゃんたち
本物の銃を肩に出征　殺して　殺されました
おままごと教えてくれた　お姉ちゃんたちも
従軍看護婦を志願　救護舎で　爆死しました

〝欲シガリマセン　勝ツマデハ〟
食べる物も着る物も　ガマン　ガマンしたのに
私の町に　隣の町に　爆弾次つぎ落とされ
母さんが　妹が　弟が　焼き殺されました

砕かれた沢山の命……生きのびた私の手に
握らせてくれた　「日本国憲法」　九条
おかげで今日　生きています　子や孫たちと
託された大切な命　死の商人に渡せません！

戦争するな

武器　造りたくない
兵器　売りたくない　買いたくない
人の営み　壊したくない
生きてる人を　殺したくない

私の祖国よ
戦争に　加担するな
戦争するな

「日本国憲法」を
「九条」を
私は　手放さない

戦争　と　平和

〝国際平和を誠実に希求〟
九条があるから
私に　敵はいない
私の国に　敵の国はない

敵がいないのだから
爆弾　いらない
爆弾　作らなければ
戦争　できない

爆弾がないのだから
兵隊　いらない
兵隊　揃えなければ
戦争　できない

兵隊がいないのだから
軍隊　いらない
軍隊　組まなければ
戦争　できない

軍隊がないのだから
軍事費　いらない
軍事費　用意しなければ
戦争　できない

軍事費　いらないのだから
お金は　すべて生活費に廻る
衣食住　豊かになれば
世の中　平和になる

平和の国　と　平和の国　に
戦争　おきない

「日本国憲法」九条
平和　私の宝

隅田川

雨を集めて　流れていく
明るい光　川面に映し　流れていく
水鳥泳がせ　流れていく
訪ねる人々　和ませて　隅田川

ビルに囲まれ　流れていく
思い出を　波に織りこみ　流れていく
昔のつづきを　流れていく
海へ　世界の海へ　隅田川

米軍戦略爆撃機Ｂ29　三二五機
焼夷弾一万三千発　未明の無差別攻撃
火だるまの人々　抱きしめ
燃えさかる　地獄の川となった　隅田川

時を刻みなおし　流れていく
悲しみは　今　なお　水底に　流れていく
記憶の碑《ひ》　静か　流れていく
一九四五年三月十日　東京大空襲
忘れじの隅田川

小さな花

きれいな色　かわいい姿
だれにも踏まれないから
だれも傷つけないから
大地の恵みに育《はぐく》まれ
太陽の光に輝いて

咲いている　小さな花

戦禍のあと　選んだ九条
だれにも殺されないから
だれも殺さないから
大地の恵みに支えられ
太陽の光に守られて
　生きている　今日の私

鍋

どなたが造ってくれたのでしょう
名前は書いてありません
日付も入っておりません
「一年保証」ラベル付
バーゲンセールで買った　鍋

大きさ　厚み　持ち具合
使いがって抜群　ステンレス製
熱く燃える炎に乗せれば
茹でもの　煮物　味噌汁　おじゃ
フツフツ　コトコト　いい匂い！

うっかり忘れ　焦げつかせても
慌《あわ》てず　やさしく　擦《こす》り取れば
にっこり笑って　輝いて

覗き込む私の顔を　おもしろく映して
次の調理を待ってくれる

電子レンジで　チン　すれば
鍋　なんかいらないじゃん
と　言われても　やっぱり
鍋使って「お料理」すると
なんだかうれしい　なぜかおいしい

使い続けて丸三年　キッチンの神さま

ちょっとだけ面倒かけるけど
平和に生きるよろこび　煮込んでくれる
食器製造工場で　今日も　どなたか
銃　ではなく　鍋　造ってくれてます

わたし　地球人

恵みの大地に　生まれ
豊かな大海に　囲まれ
広い広い大空に　抱かれて
生きてるわたし　地球人

宇宙に巨大な球《まる》　浮かべ
つぎつぎ生命《いのち》を　誕生させ
ヒトの欲望に　傷つけられながら
それでも　地球　まだ地球

わたしの母国　地球　これ以上
ミサイル発射は　嫌だ
放射能で汚すのも　嫌だ
原子爆弾炸裂させる　嫌だ
　　　　　　　　　　　嫌だ

小さな　小さなわたし　だけど
命つなげてもらった　地球
命つなげたわたしの　地球
大好きな地球
美しい地球で　永遠に……

希《ねが》い

私の命　あと何年？
半年？　一年？　もっとあるかな？
約束されない　あと何年

日本は戦争を終《しま》ったので
私の国に兵士はいません

命つなげて　つながって
昨日を生きて　今日も生きてる

あなたの命　あと何年？
約束されない命だけど
平和の今日が　明日へ続く

隣の人も　遠くの人も
隣の国の人も　遠くの国の人も
見上げる空は　区切りなく続き

踏みしめる大地は　一つ　海を越えても

私の命　あと何日？
あなたの命　あと何年？
約束されない尊い命

たった一回だけの　命もらって
地球に生きてる私たち
殺し合うなんて　もったいない
明日の命　みんなの希《ねが》い

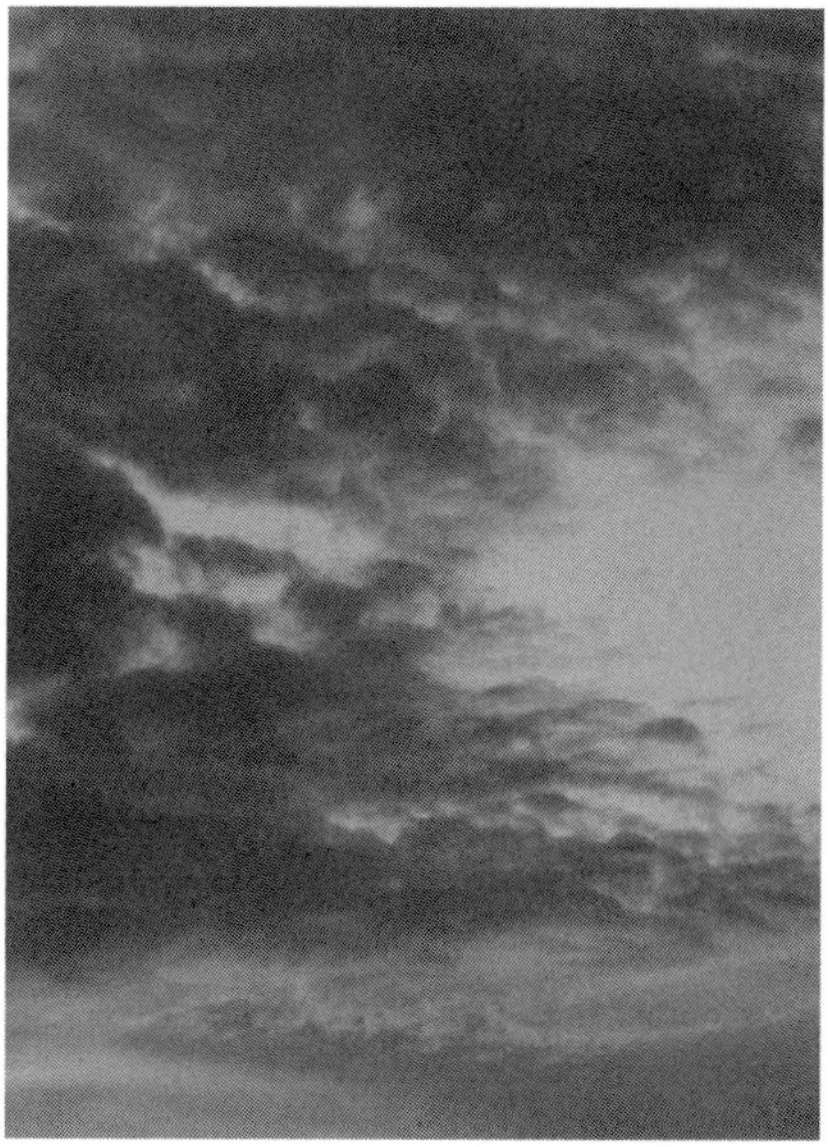

人

苦しい事　分かってくれます
悲しい時　慰めてくれます
嬉しい日　笑ってくれます

あなたは何時《いつ》も　力を借してくれます

あなたに寄りかかって　生き長らえています

もし　ケモノ　だったら
走れなくなった　わたしを
置き去りにして　あるいは
食いちぎって　去ってゆくでしょう

ひと　は　人　という字を作り
支え合いながら　今日も　あなた　と　わたし

ちがう　あなた　と

もしも　私　と
そっくりな人　が　いて
いつも　私　は
そっくりさん　と　一緒だったら
　困るなァ　怖いなァ

逃げてしまうかも……

あなた　と　私
名前も顔も　住む所も　ちがう
私　と　あなた　ちがうから
おしゃべり　楽しい
知らないこと　教えてもらえる
私のうしろ姿　見てもらえる

あなた　と　私
同じ　なのは
地球の　生きもの
今日　を　生きてる　ひと

名字《みょうじ》

生まれた時　つけられた記号
「私」を証明する　名字
名字に付き添われて
食べ　遊び　学び　暮らし
「国民」の一人　になっていった

異なる名字のあなた　と
一つ屋根の下で　生活することになって
「戸籍」というパスポート　手にするには
二つの名字は許されず
どちらかの付属品になる
　　日本の国では

一つ花瓶に飾られた　薔薇と水仙
水仙は水仙のまま　清らかに

薔薇は薔薇のまま　華やかに
咲き誇って　命を終えて　土に帰る
　　どこの国でも

私の名字も
あなたの名字も
それぞれに　そのままに
地球に生きる　一生《いっしょう》の記号

雲　病院の上

病院の上　広がる雲は
ベッドに横たわる　私に
「大丈夫　希望　捨てないで！」
語りながら　通りすぎていく

病室から　見上げる雲は
窓枠の中　カーテン越し
その先も後《あと》も　見えないけれど
ゆっくり　静かに　流れていく

病院のスタッフ　慌しく
ナースコール鳴り響く中
今日が　今日であるために
明日を迎えるために　皆　精いっぱい

病院の上　高く雲は
それぞれの思い　受け止めて
形を変え　翼になって
命　見守りながら　流れていく

朝食

朝がきた　昨日と同じように
ベッドから　ゆっくり起きる
着替え　が　ひと苦労
思うように　嵌《はま》らない　ボタン
なかなか　履《は》けない　ズボン

リハビリ　リハビリ
　これもリハビリ！

声を出して　自分を励ましながら
手を動かし　足を曲げたり　伸ばしたり
歩行器に体をゆだね　トイレ　洗面

エレベーターに乗って　食堂へ
決められたテーブルに　辿り着く
向かいの人は　まだ来ていない
テレビの画面に　目を向ける　と

戦車の行進……　続いて　戦闘服に身をかため
銃をかまえ　匍匐《ほふく》する兵士軍団
―近隣諸国との緊張激化をふまえ
米韓軍事演習が　予定通り決行された
日本の自衛隊も　参加を検討中……
日米韓　三ヵ国の連携が　今　強く求められている――
　　　　　字幕が流れ　消えた

ふと　よみがえる　子どもの頃
日本の兵隊が　戦争していた

近隣諸国を攻撃　侵略して
「勝った　勝った」と
日の丸旗　振りかざした大日本帝国軍隊
だった　が
負け戦さに追い込まれ　攻撃される破目に

一九四五年　三月十日　未明
アメリカ軍機　隊列組んで東京上空に
民家に　学校に　病院に　爆弾の雨
燃え上る炎の中　逃げて　逃げて

生きのびた　八歳の朝
泣きながら　食べた　硬い大豆

「おは　よう　ございます」
介護士に付き添われ　車椅子で
向かいの人がやってきた
「おはようございます」
大きな声で　施設長が　挨拶
朝食が始まった

手も口も不自由な　お向かいさん
介護なしに食事もできない
スプーンで　口に運んでもらい
全身を動かし　懸命に　食べる
私は　いつものように
並べられた食事に　両手を合わせ
締《し》めの一品を決めてから　もぐもぐ

　ガチャンッ！
突然　大きな音　隣りのテーブルで

静まり返る　食堂
「あっはっはっは　ははあ～」
テレビから　笑い声
ニュースが　大笑いの場面に変っていた
「イヤダ！　イヤダ！」
突然叫び出した　隣りの老女
なだめに駆け寄る介護士
テーブル二つ　かけ持ちで
介助失った　お向かいさん
自分で食べよう　と　スプーン手に

けれど　できない　こっちでも　ガシャン！

さまざまに　生き続けてきた老人たち
人生最後の食べる楽しみ　も　ままならない

戦争絶えない地球
戦争放棄した日本でも
戦争の危機　何回となく襲いかかり
その度に　反対運動があった
平和を愛する一人として

集会に　署名活動に　デモに
仲間とともに参加してきた
が　今は　何もできない
助けを借りて　老人施設ぐらし

人殺しの準備
人殺しの訓練
人殺しの戦争
その資源　すべて
愛　に　変えること　できたら……

ばたばたしてた食堂
ようやく　落ちついて
最後に残しておいた　ごま和え　味わう

戦争しない平和な日本になったから
生きのびた命　今日の命
楽しい　美味しい　朝食を！

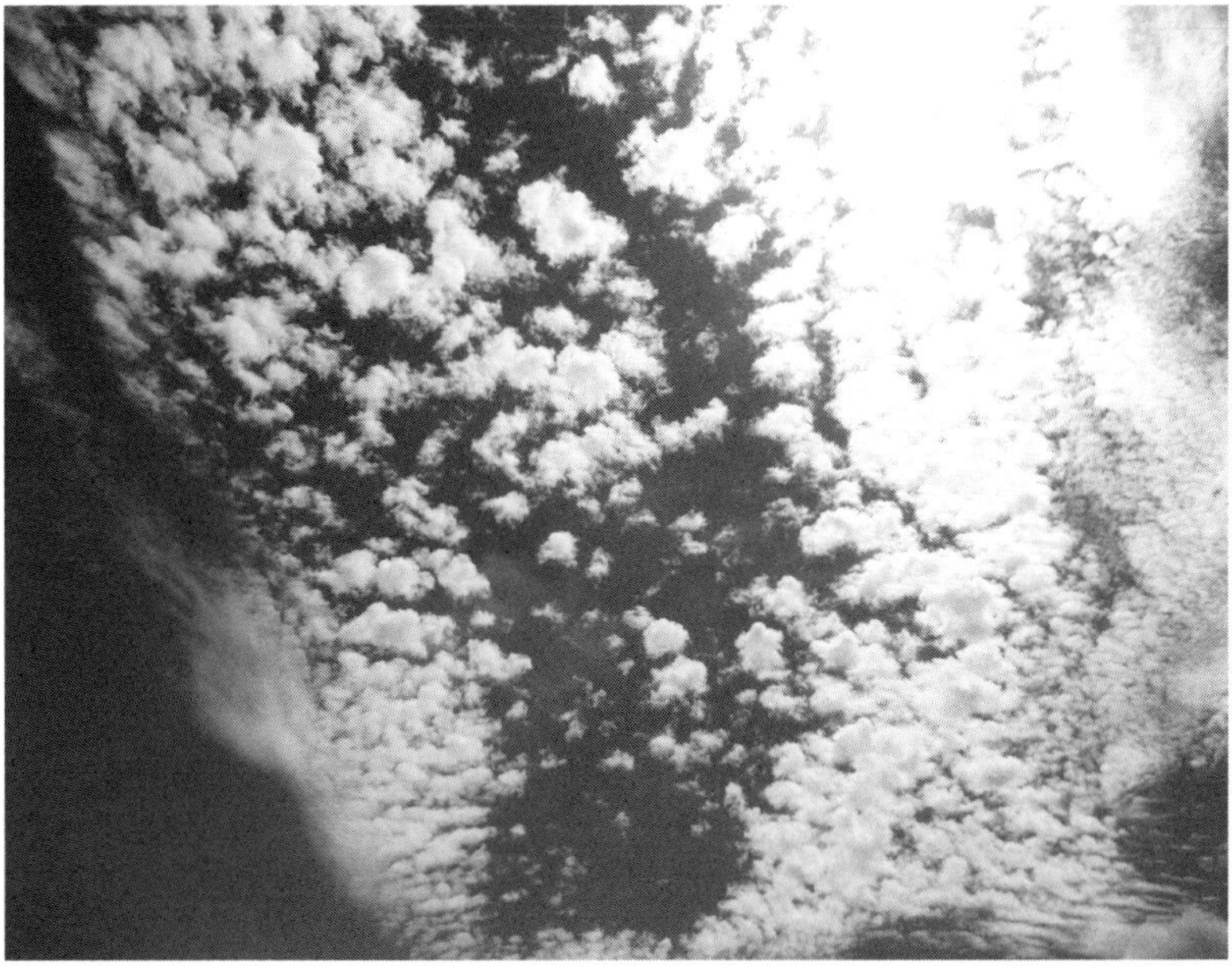

桜

寒さにも　暑さにも
耐えて　忍んで
咲いた　さくら
　美しい　さくら

切られても　折られても
命　蓄え
咲いた　さくら
　見事な　さくら

思われて　見守られ
生きて　存《ながら》え
咲いた　さくら
　春　爛漫　さくら

さくら　さくら
　さくら　さくら
笑顔　咲かせて
和《なごみ》　織り成し
さくら　さくら
　さくら　さくら

向き合う

あの時まで
知ろうと　しなかった
　知る機会　は　あったのに
しようと　しなかった
　出来ること　も　あったのに

〝資源の乏しい日本です
　原子力の平和利用をすすめましょう！〟
やさしく広がる国策宣伝　「聞き流し」
「知らぬまに」増え続けた原子力発電所

東京で生活する私は　当たり前に
福島原発から送られてくる電気を
便利に　使い続けて　四十年
原子炉爆発！　二〇一一年三月十一日

立ち入り禁止！　故郷から人々　追い出され
すべてを失った悲しみ　悔しさ　今なお深く
放射能汚染水　捨て場もなく　溜まり続ける
向き合わされた　収束みえない　不幸

償《つぐな》いできないままに　私が死んでも
命つなげた私の子が　死んでも
その子の子が　死んでも
死ぬことない　デブリ　放射能の恐怖

さくら　散る

明るい日ざし　降りそそいで
やさしい風　春を歌う
待ちわびた日々　四月の朝
絹の花びら　さくら色
　思いのまゝに　広げた枝々

さくら　さくら　咲いたさくら
笑顔集めて　あでやかに
賑わう　桜並木　　……それは　昔

放射線乱れる光　射して
春の風　吹き抜けてゆく
幸せの日々　荒れ地に埋もれ
絹の花びら　さくら色
　見捨てられ　からまる枝々
さくら　さくら　咲いたさくら

「立ち入り禁止」　柵の奥
狂い咲く　桜並木　原発事故後　今も

さくら　さくら
さくら　咲いた

さくら　さくら
さくら　散りゆく

一人じゃない

一人で歩いてるけど
　一人じゃない
ひとりだけど　一人だけど
　一人じゃない
前に　後に　だれかいる

横にも　斜めにも　たくさんの人
たくさんの足に踏まれ
固くなった土　続く道
その上を歩く　わたしの足
ぬくもりが　伝わる道

一人で歩いてるけど
　一人じゃない

80・20

つるつるのむな　よくかめかめ
鶴々　のむな　よく　亀々
もぐもぐ　噛んでる　20本
おいしく　食べてる　80歳

元気で長生き　それが何より
長寿を応援　歯医者さん
虫歯　歯周病　しっかり治療
歯みがき　励んで　80・20

命　授かった　その日から
多くの人に　支えられ
戦争やめた　日本の町で
楽しく生きてる　80歳

あなたの町でも　80・20
戦争しない　平和の国で
鶴は千年　亀は万年
噛みしめる幸せ　百歳までも

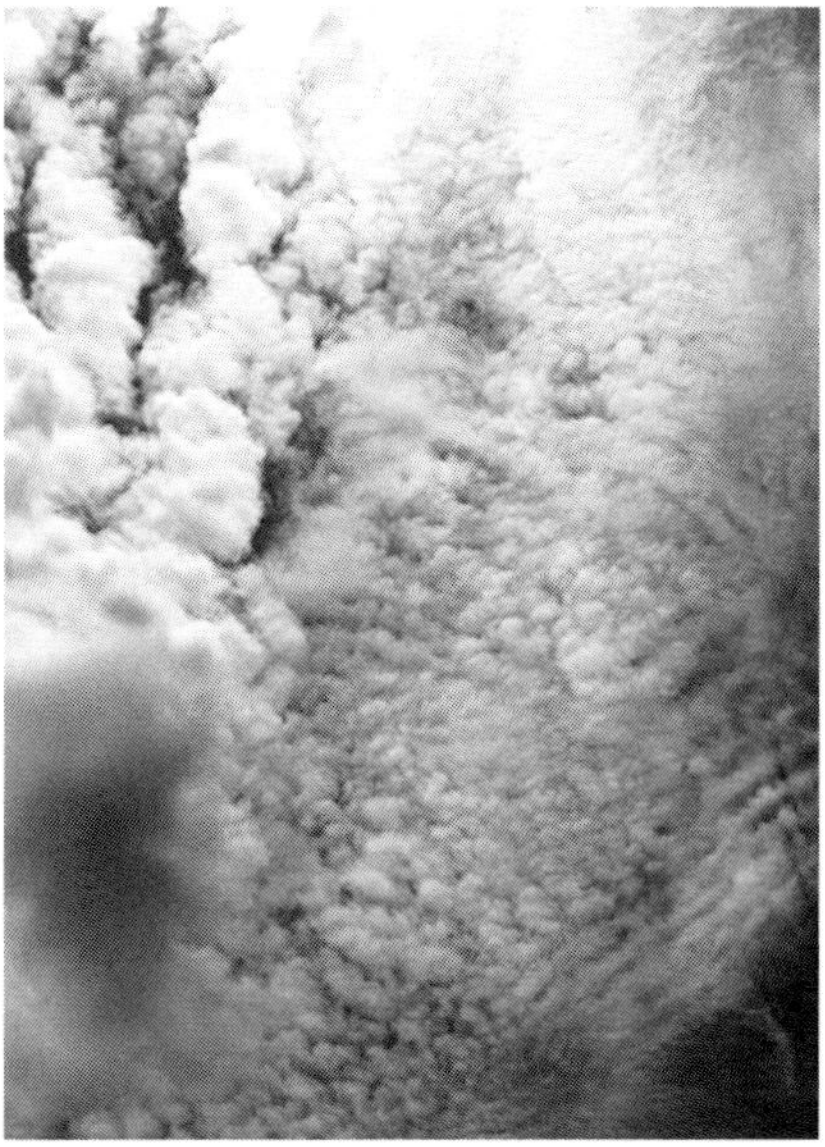

手

ゴツゴツ　節《ふし》くれ
クネクネ　青筋うかべ
シワシワ　不思議な模様
八十余年　生きながらえた　手

押したり　摘《つま》んだり
丸めたり　千切ったり
握ったり　運《はこ》んだり
器用に　働きつづけた　手

戦火で血塗《ちまみ》れになった　手
夫と契《ちぎ》りあった　手
子どもたちを抱きしめた　手
平和の絆　持ち続けた　手

戦争の惨《さん》禍《か》を生きた父母の　年を超え
ばあちゃんになった　いま
かわいい孫と　手をつないで
戦争しない幸せを　歩く

手
あったかい　手
平和を　つなげて
つなげて　手

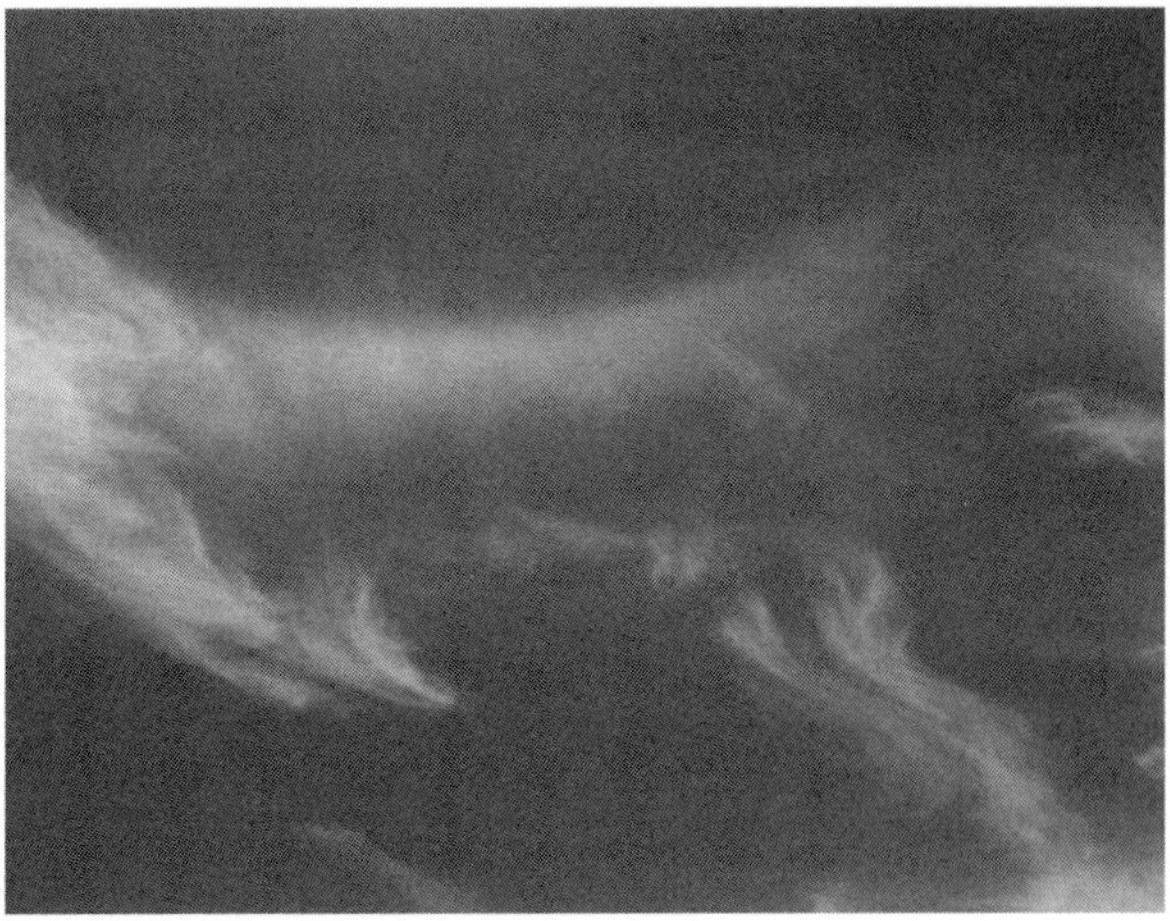

うしろ　へ

一歩　うしろ　へ
時の流れに　押し流されて
前へばかり
年輪　ふくらませてきたけど
一歩　うしろ　へ

してきた　あれ　これ
しちゃいけなかった　もろ　もろ
しのこした　ゆめ　きぼう
振り返れば
たくさんの　約束手形

限りある　生命
見えてきた　終り
置き去りの　そのままの　一つでも

命　閉じるまでに
一歩　うしろ　へ
もう一歩　うしろ　へ

めげないで

痛い　とこ
悲しい　こと
悪い　とこ
悔しい　こと
イヤだ！　ダメだ！

沢山　たくさん
もう　たくさん！

だけど

食べる　おいしさ
笑える　うれしさ
語りあう　たのしさ
歩《あゆ》む　しあわせ

美しい　広い地球に

選ばれて　授かった　命
せっかくの　わたし
めげないで
めげないで

年賀状

あ　あなたと　ともに　新しく
け　今朝は元旦　けじめのはじまり
ま　曲がりくねって　また続く
し　新鮮に　然《しか》る可《べ》く
て　手抜きしながら　適切に

お　思い営《いとな》み　大《おお》らかに
め　面倒いといわず　めげないで
で　出直したり　出会ったり
と　遠いみちのり　峠めざして
う　上をむいて　愛《うるわ》しく
ご　ごり押し　強奪　御免蒙《ごめんこうむ》りましょう
ざ　財のこせずとも　罪《ざい》のこさず
い　命がいちばん　一回きり
ま　迷いながら　真面《まとも》に　真面目《まじめ》に
す　素直に　素的な　毎日を

今年こそ　良い年にいたしましょう

心

心は　わたしを　愛していて
くじけそうになると　抱きしめてくれる
わたしは　心に　見守られ
いつでも　どこでも　支えられてる

あなたの心と　繋《つな》がりたいと
語り合ったり　悲しんだり　歌ったり

よかった　よかった
昨日の心が　笑ってる
めげるな　めげるな
今日の心が　囁いてる

心　ころころ　宇宙から
地球に蒔いた　命の種かな？

幸せの花　咲かせるために
平和の明かり　灯すために

言の葉

産声をあげた　その時から
思いを　言の葉　に　乗せて
うれしい時は　うん　うん
いやな事は　いや　いや
あるきたい道は　こっち　こっち

心を現してくれる　言の葉
喜びは　笑顔にのせて
悲しみは　涙とともに
偽りには　嘆き　怒り
まことの明日　求めつづけて

あなたからの　あたたかい　言の葉
あなたへ　気持つたえて　言の葉
声に出したり　手紙に書いたり

メールで送ったり　歌ったり
歩む道のり　いつも　一緒に

言の葉に　限りはないけど
かならず訪れる　命の終わり
幹を支えて　豊かに繋った緑
老いた身を　いたわるように
今　紅《くれない》に色づいて　やさしい

愛を　平和を　希望を

ありがとう
くり返し　くり返してきた　言の葉
お別れに　もう一度
ありがとう

あなたへ　愛を納《おさ》め
希望を　平和を　託して

さようなら

雲を撮る

渡辺幸子

台風が近づいているというのに、病室の窓から見える空は、澄んだ青い空に白く光る雲が広がっている。

以前、小澤さんが「雲の写真ありますか」と私に尋ねられた。雲を撮ってみたが、地上から見る雲は、電線や建物がはいってしまい、うまくゆかず、撮れないでいた。

膝の手術をすることになり、入院生活中、日記のように雲の写真を撮ってみようと決めた。

コロナ禍のため、なかなか外には出してもらえず、ガラス窓越しの撮影であったが、毎日毎日撮るにつれて、自然が創り出す様々な形や色に驚いたり、海底に居るような感覚にとらわれたりした。想像以上の楽しさであった。

かけがえのない太陽と地球が、織り成す世界に生きている自分の存在を感じられた。

この空のどこにも原爆の雲や爆撃機は邪魔だと強く思う。

あとがき

二〇一三年十月、けじめと思って『だまくらかされて』を出版してから、九年の月日が経ちました。

長年連れ添った夫とも死別して、残りの日々は、不用になった生活用品の片付けに専念しようと決めたのに、いつの間にか、また書いていました。

病も患い、ままならない体で生き続ける生活に、政治は冷酷。一方で戦争への不安。

遺言がわりに、もう一冊を決意しました。出版準備をする中、二〇二二年七月八日、参議院選挙応援中の安倍元首相銃撃、の事件が起きました。統一協会の悪業に、人生を台無しにされた青年が、元凶を断ちたい一心での襲撃でした。

悪徳商法、集団結婚など、騙しては金を奪い人生を狂わせてしまうカルト教団が、名称を変え、手段を変え、勢力を拡大していた事実が、事件をキッカケに明らかになっていきました。「献金」という名目で、人の命を「食い物」にする似非《えせ》宗教の思想は、「戦争」を是とし、再び軍国主義への道をめざす改憲思想と重なって見えました。

「モリ、カケ、桜」の不正疑惑も、国民から絞り取った税金を、権力のために使う……。ここにも共通する何か、を感じます。

安倍政権を引き継いだ岸田政府は、安倍元首相の「国葬」を国会にも諮らず閣議決定。

数々の疑惑を有耶無耶《うやむや》に、大半の国民の反対を押し切り、十月二十七日、十二億四千万円余の税金を使い「国葬」強行しました。

大日本帝国憲法のもとに生まれた私ですが、日本国憲法を手にして、今日まで生きながらえることが出来ました。新憲法の理念も民主主義も、道半ばの日本ですが、今回の事件は一方で、私たち一人一人の志の大切さを認識する機会にもなりました。

またたく間に各地で湧きあがった「国葬」反対！　真相究明を！　の声。「しんぶん赤旗」をはじめ、圧力に屈しない報道機関は、真実に迫る報道を伝えてくれました。

輝いて、希望を与えてくれる「日本国憲法」の姿を見た思いです。

体が不自由になってしまった私ですが、知人の矢野祐子さん、家族、友人、心あたたかいたくさんの方々に励まされ、出版社の方、谷井和枝さんにもご面倒をおかけいたしました。

偉大な宇宙の映像〝雲〟を添えて下さった渡辺幸子さんにも感謝です。

お力添えに、心からお礼申しあげます。

二〇二二年十二月

小澤アイ子

付記

作品「心」に曲がつきました。

「二〇二二年　日本のうたごえ全国交流会in愛知」オリジナルコンサート部門で、「心」が「港新婦人　コスモスコーラス」により披露され、推薦曲に選ばれました。

作曲　町澤　恵

指揮　酒井　崇

小澤アイ子（おざわ　あいこ）

1936年、東京・日本橋に生まれる。国民学校初等科（現小学校）３年生の時、学童集団疎開で山梨県身延山の寺へ
1945年３月、東京大空襲で被災した家族に引き取られ、敗戦まで放浪生活を続ける
國學院大學日本文学科卒。出版社編集部に勤務。月刊誌「民主文学」誌上に、短編小説「裁かれる日々」「清洲橋」「喜田の死」発表
退職後、地域の民主的活動に参加しながら詩作を続ける
詩集「風の歌」（1998年）、「さようならも言えないで」（2005年）、「だまくらかされて」（2013年）出版

渡辺幸子（Sachiko Watanabe）

1947年、群馬県大間々町に生まれる
群馬大学卒業後、日本写真学園で大束元氏に師事。自然と人間をテーマに、現在福島を撮っている
個展「西ヶ原通信」（1979年銀座ニコンサロン）、「玉川上水―土に属するもの」（1988年、同）
作品に「上州通信」（1979年、アサヒカメラ）、写真集『玉川上水』（創出版）を出版

詩集　わたし　地球人

2023年１月25日

著　者　小澤アイ子
Photo　渡辺幸子
発行者　明石康徳
発行所　光陽出版社
〒162-0818　東京都新宿区築地町８番地
電話　03-3268-7899　Fax　03-3260-9169
印刷所　株式会社光陽メディア

ISBN 978-4-87662-639-7 C0092